AF460312

COLLECTION DE MADAME C***

TABLEAUX & DESSINS ANCIENS

DES

DES ECOLES FLAMANDE & FRANÇAISE

Objets de Curiosité

DES XVIme, XVIIme & XVIIIme SIÈCLES

Boîtes, Bonbonnières avec miniatures, Gouaches

du temps de Louis XVI et du Directoire

Me Edouard FOURNIER	M. Arthur BLOCHE
COMMISSAIRE-PRISEUR	EXPERT PRÈS LA COUR D'APPEL

C. CHAUFOUR, impr.
6-8, rue Milton, Paris

CATALOGUE

DES

TABLEAUX & DESSINS ANCIENS

PRINCIPALEMENT

DES ÉCOLES FLAMANDE ET FRANÇAISE

OBJETS DE CURIOSITÉ

Sculptures, Ivoires, Bois

BRONZES D'ART

DES XVIe, XVIIe & XVIIIe SIÈCLES

BOITES, BONBONNIÈRES AVEC MINIATURES, GOUACHES

du temps de Louis XVI et du Directoire

Groupe en biscuit de Lorraine

Formant la Collection de Madame C***

DONT LA VENTE AURA LIEU

HOTEL DROUOT — SALLE N° 10

Les Lundi 26 et Mardi 27 Février 1912

A DEUX HEURES

Me EDOUARD FOURNIER	M. ARTHUR BLOCHE
COMMISSAIRE-PRISEUR	EXPERT PRÈS LA COUR D'APPEL
29, Rue de Maubeuge, 29	*21, Boulevard Haussmann, 21*

CHEZ LESQUELS SE TROUVE LE PRÉSENT CATALOGUE

EXPOSITION PUBLIQUE

Le Dimanche 25 Février 1912, de 2 heures à 6 heures

CONDITIONS DE LA VENTE

Elle sera faite au comptant.

Les acquéreurs payeront *dix pour cent* en sus des enchères.

L'exposition mettant le public à même de se rendre compte de l'état des objets, il ne sera admis aucune réclamation une fois l'adjudication prononcée.

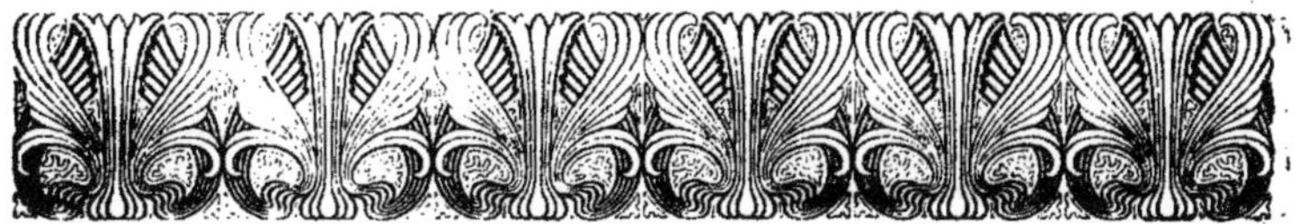

DÉSIGNATION

TABLEAUX

BERGHEM

1 — *Les Pâturages.*

Troupeaux, berger et bergère dans un paysage montagneux, arrosé par un lac.

Cadre en bois sculpté et doré.

BLARENBERGH (VAN)

2 — *Paysage verdoyant.*

Après l'orage, cavalier, paysans et enfants auxquels on montre l'arc-en-ciel, regagnent le village.

Peinture délicate. Signée à droite et datée 1775.

Cadre en bois sculpté et doré.

BLOMM (P.-V.)

3 — *Le Campement.*

De nombreux cavaliers vont et viennent en différents sens, des palfreniers pansent des chevaux; à droite, un cavalier se désaltère, un homme casqué tient une pinte, une femme avec son enfant dans ses bras est assise près d'une flambée de bois. Au fond, quatre trompettes sonnent le ralliement; à gauche, un canon, sur l'affût duquel on lit la signature.

Toile.

BOILLY (Attribuée à L.-L.)

4 — *Intérieur de bateau.*

De nombreux personnages se livrent à divers plaisirs : Causeries galantes, parties de cartes, balancement de hamac, etc.

BOUCHER (François)

5 — *Portrait de jeune femme.*

Regardant à gauche, en costume d'élégante paysanne.

Sanguine. Étude.

On lit en bas le commencement de la signature.

CHARDIN (?)

6 — *Devant l'âtre.*

Dans un intérieur rustique, devant une grande cheminée, une paysanne assise se chauffe.

Tout autour des accessoires : Paniers, bassines, flambeaux, plats, assiettes; et près d'une porte de cellier un petit lapin qui mange des feuilles de chou.

Signé à droite.

DAUZATS (A.)

7 — *Souvenir d'Algérie.*

Bois.

DEMARNE

8 — *Le Débarquement du poisson.*

A travers une grande grotte se dessine un riant paysage au bord de la mer. Au premier plan, à gauche, un pêcheur tenant un panier sous le bras, embrasse tendrement son enfant que la jeune mère lui présente, pendant que sa fillette se cramponne à sa robe, effrayée par les aboiements d'un chien. Un autre pêcheur vient derrière lui ; à droite monté sur un cheval blanc, un paysan et une paysanne discutent le prix de nombreux poissons que des pêcheuses étalent sur le sol; deux paysans causent, un âne et un chien près d'eux.

Toile signée à droite.

DEMARNE (Attribué à)

9 — *Souvenir d'Italie.*

Une paysanne montée sur un âne, accompagne ses bœufs avec son chien; un berger, des moutons et des chèvres traversent la rivière qui coule au pied d'un château dans un paysage boisé.

DEMARNE (Genre de)

10 — *Les Fours flamboyants.*

Paysage montagneux avec vue de ville en perspective, animé de personnages et de charriots.

DIÉTRICH

11 — *Les Amoureux.*

Peinture sur bois.

DONSEL

12 — *Le Concert des anges.*

Projet de plafond.
En forme d'éventail, encadré.

DUPLESSIS

13 — *La Halle.*

Des cavaliers qui ont mis pied à terre et un porte-drapeau resté sur sa monture, causent avec des femmes et un enfant. Au second plan, et en perspective, d'autres personnages près d'un pont et de maisons rustiques.

Toile signée à droite.

DUPLESSIS

14 — *Intérieur rustique.*

Petit tableau sur bois.

DUSSART (Attribué à Cornélius)

15 — *Intérieur de tabagie.*

Composition de cinq figures.

Cadre en bois sculpté et doré.

GÉRARD (Attribué au Baron)

16 — *Portrait présumé d'une princesse Bonaparte.*

Regardant de face, en robe blanche à corsage décolleté, garni de dentelles, une écharpe rouge sur le bras droit et parée de perles.

Joli portrait ovale. Toile.

GRÉNIER (A. de)

17-18 — *Fleurs, Fruits et Oiseau mort.*

Deux pendants. Signés.

GUARDI

19-20 — *Marines. Vues d'Italie.*

Deux petits tableaux.

Cadres bois sculptés.

HAUTTEFŒUILLE (G.)

21 — *Vénus chez Vulcain.*

Composition de huit personnages.
Jolie petite peinture.

LANTARA

22 — *Paysage d'Italie.*

Plusieurs personnages sont groupés près d'une cascade abrités par des bouquets d'arbres.

En perspective s'étendent les terrasses d'un parc et les fortifications d'une ville.

LAWREINCE (Attribué à)

23 — *L'Ami fidèle.*

C'est un chien qui regarde sa jolie maitresse qui le caresse, en lui présentant un morceau de sucre. Elle est assise devant un guéridon ; en face d'elle un jeune homme lit une lettre et debout une jeune servante leur sert une collation.

MICHEL

24 — *Paysage accidenté.*

Animé de personnages. Effet d'orage.
Toile.

MOLINS (A. de)

25 — *Le Rendez-vous de chasse.*

Joli tableau sur bois.
Signé à gauche.

MONNOYER (Baptiste)

26 — *Fleurs.*

Jolie facture.
Toile.

OTTO VENIUS (Attribué à)

27 — *Salomé portant la tête de saint Jean.*

Peinture sur cuivre.

PALAMÈDES (Attribué à)

28 — *Scène de festin.*

Plusieurs personnages autour d'une table, causent galamment.

Peinture sur bois.

Cadre en bois sculpté et doré.

PERRIN (Attribué à)

29 — *Portrait de jeune femme.*

Habillée de noir, avec fichu de tulle blanc, coiffure à plumes longs cheveux bouclés.

Dans un médaillon ovale.

PICART

30 — *Scène de bataille.*

Petit tableau signé et daté 1720.

Cadre en bois sculpté.

REMBRANDT (Ecole de)

31 — *Portrait de vieillard à longue barbe.*

Très petit tableau sur bois.

Cadre en bois sculpté.

ROUSSEAU (Attribué à THÉODORE)

32 — *Le Passage du ruisseau.*

Trois paysans dans un paysage montagneux. Effet de soleil couchant.

TÉNIERS (Attribué à David)

33 — *Le Singe barbier.*

Composition de cinq figures.
Touche fine et spirituelle.
Toile. Cadre bois sculpté et doré.

VAN ARTOIS

34 — *Halte de cavaliers.*

Devant une auberge, plusieurs d'entre eux sont encore arrêtés; deux autres poursuivis par des mendiants, reprennent leur route.
Finesse de touche.
Petit tableau ovale sur bois.

VAN DYCK (Attribué à)

35 — *Le Christ en croix.*

D'un côté la Vierge éplorée et de l'autre saint Jean en extase.
Œuvre intéressante par l'expression de douleur qui se reflète sur les visages, la facture des draperies et le modelé du corps du Christ.

VAN GAUGUIN

36 — *Lisière de forêt.*

Un fauconnier et un autre personnage causent à gauche; un vieux mendiant est assis au pied d'un arbre, au loin, un berger et son troupeau gagnent la plaine.
Bois. Cadre bois sculpté et doré.

VAN GOYEN (Attribué à)

37 — *Les Patineurs.*

Vue de la Hollande, effet d'hiver.
Peinture sur bois. Cadre en bois sculpté et doré.

WOUWERMANS (Attribué à PHILIPPE)

38 — *Le Campement.*

Plusieurs personnages et un cavalier se reposent à droite, un autre debout accompagné d'un chien, cause avec une femme qui tire du vin d'un tonneau.

Porte à gauche le monogramme.

WOUWERMANS (Attribué à P.)

39 — *Scène de bataille.*

Des hordes de cavaliers sont arrêtés dans leur élan par une foule de partisans armés de lances.

ECOLE ANCIENNE

40-41 — *Scènes de la vie du Christ.*

Compositions d'une multitude de figures dans des villes d'Italie.

Deux peintures.

ECOLE ANCIENNE

42 — *La Vierge et l'Enfant.*

Leurs couronnes et leurs joyaux sont enrichies de pierreries.
Peinture d'une grande finesse sur cuivre.

ECOLE FRANÇAISE

43 — *La Pensive.*

Portrait de jeune fille blonde avec bouquet de fleurs au corsage et dans les cheveux. Petit médaillon.
Cadre en bois sculpté et doré.

ECOLE FRANÇAISE

44 — *L'Amour et Psyché.*

Toile.

ECOLE FRANÇAISE XVIIIe SIÈCLE

45 — *Le Festin royal.*

Dans leur palais, assis sur leurs trônes, devant une table, ou on leur apporte differents mets, le roi et la reine sont entourés de courtisans, de guerriers et de serviteurs. Au premier plan, des jeunes musiciennes, exécutent un concert, en perspective on aperçoit un paysage montagneux Jolie peinture.

ECOLE HOLLANDAISE

46 — *Intérieur de cathédrale.*

Animé de nombreux personnage .
Petit tableau sur bois.

ECOLE DU XVIe SIÉCLE

47 — *Portrait de Charles IX.*

Coiffé d'un toquet;
Peinture sur cuivre, cadre en bronze fleurdelisé.

ECOLE DU XVIe SIÈCLE

48-49 — *Portrait de jeune femme en costume de l'époque.*

Deux tableaux sur bois se faisant pendants.
Cadres en bois sculpté.

ECOLE DU XVIe SIÈCLE

50 — *Jenne reine en prière.*

Peinture sur bois,
Cadre ébéne.

ECOLE DU XVIIIe SIÈCLE

51-52 — *Les divertissements champêtres.*

Deux agréables compositions de nombreux personnages, peinture d'une grande finesse se faisant pendants.

DESSINS, GOUACHES

MINIATURES

BERTAUX

53 — *La mort du citoyen Desille.*

A la porte de Nancy, les bandes armées canonent la ville. Composition de nombreuses figures, dessin gouaché.

BOILET (E.)

54 — *La Revue des villageois.*

Plus ou moins militairement habillés, dans des attitudes fantaisistes, des gardes nationaux écoutent d'un air goguenard la lecture d'un rapport ou d'un édit que leur fait leur capitaine. Le tambour coiffé d'un bonnet de coton lit derrière son épaule, des paysans et des paysannes assistent là en spectateurs.

Aquarelle signée à droite.

BOISSIEU (De)

55 — *Moutons et brebis.*

Neuf études dans un même cadre.
Dessins aquarellés.

BORET

56 — *La Raison domptée par l'Amour.*

Dessin à la sanguine.
Signé et daté 1783.
Cadre en bois sculpté et doré de l'époque.

CASANOVA

57-58 — *Pâturages.*

Des troupeaux de vaches et de moutons paissent ou traversent la plaine sous la surveillance du pâtre et des chiens.

Dessins. Deux pendants.

CHARLET

59 — *Après boire.*

Un fort gars, les manches retroussées, la pipe à la main et provocant.
Bon dessin. Signé à droite.

COEPE (P. de)

60 — *Paysage montagneux.*

Un cavalier cause avec une femme et un enfant, il est précédé d'un chien.
Dessin rehaussé. Signé à droite et daté 1852.

COMOLÉRA (MÉLANIE).

61 — *Fleurs.*

Aquarelle. Signée et datée 1906.

DAVID (Attribué à L.)

62 — *Andromaque.*

Elle résiste éplorée au triomphateur Pyrrhus entouré de ses guerriers.
Dessin.

DESVOGE (ANATOLE)

63-64 — *Le roi Louis XV et la reine Marie-Antoinette.*

Représentés debout en costume de cour.
Deux dessins rehaussés de gouache se faisant pendant.
Signés du monogramme et datés 1787.

DUCREUX

65 — *Portrait d'homme vu de profil.*

Dessin de forme ronde, légèrement rehaussé, cadre en bois sculpté et doré.

FRAGONARD (Attribué à HONORÉ)

66 — *L'Offrande.*

Deux nymphes viennent sur l'autel répandre des fleurs pendant qu'un servant attise le feu.

GÉRICAULT (Attribué à)

67 — *Cavalier sur un cheval qui se cabre.*

Dessin d'une belle hardiesse.

HUET (J.-B.)

68 — *Quadrupèdes et volatiles.*

Deux petits dessins se faisant pendant.
Cadres en bois sculpté.

HUET (JEAN-BAPTISTE)

69 — *Accessoires de jardinage.*

Dessin.

JANINET

70 — *Scène de bataille.*

Avec légende sur le passe-partout « Ou vas-tu malheureux... ! Mourir !
Dessin gouaché.

KAUFFMAN (ANGÉLICA)

71 — *L'Amour délivré.*

Deux jeunes femmes vêtues à la grecque, ont dénoué l'écharpe qui semblait les avoir enchaînées à l'Amour qui les regarde avec autant de tendresse que de regrets. Son carquois, son arc, sont épars à ses pieds.
Très beau dessin.

KAUFFMAN (Angélica)

72 — *L'Innocence poursuivie par l'Amour.*

Tentateur et plein de promesses, il poursuit et s'attache à une jeune fille qui s'est arrêtée dans sa fuite et qui le regarde avec défiance après lui avoir arraché son arc et l'avoir désarmé de ses traits qu'elle tient triomphalement dans chacune de ses mains.

Beau dessin de forme ovale.

LAGRENÉE

73 — *Jeu d'amour.*

Joli dessin à la sanguine.

LAWRENCE (Attribué à)

74 — *Paysage.*

Au bord d'une rivière qui coule en cascade, deux personnages et des mulets.

Dessin.

LECURIEUX

75 — *La Baillée aux roses.*

Composition d'une multitude de figures symbolisant l'antique coutume.

Dessin d'une belle facture.

LEPRINCE (Xavier)

76 — *Les Plaisirs champêtres.*

Composition de huit personnages.

Dessin et gouache.

MARSIAU

77 — *Apothéose de Louis XVI.*

Le roi en costume de cour, soutenu par l'archange de la Renommée qui semble lui indiquer le ciel.

Dessin.

MEISSONIER (Attribué à)

78 — *Le Polichinelle.*

Joli dessin signé du monogramme M.

MEISSONIER (Attribué à)

79 — *Portrait d'homme.*

Dessin ovale. Signé à droite.
Cadre en bois doré.

MILLET (J.-B.)

80 — *Environs de ferme.*

Vachère, paysans et paysannes, coqs et poules, près du corps de batiment principal et meules de blé en perspective.
Gouache signée à droite.

MOUCHERON

81 — *Bords de le Méditerranée.*

A gauche un palais orné de groupes et de statues et dont les terrasses s'étendent le long de la côte; de nombreux personnages circulent sur la rive, débarquant des ballots.
Joli dessin signé à droite et daté 1713.

MOREAU (Attribué à)

82 — *Les Préparatifs de la layette.*

83 — *La Convalescence de l'accouchée.*

Deux charmantes compositions où sont groupés plusieurs personnages en élégants atours dans des intérieurs de l'époque.
Deux dessins rehaussés se faisant pendants.

NOTOLLI

84 — *Vue de Palerme.*

Animée de personnages.
Gouache. A gauche on lit une inscription et la signature.

OMMEGANCK

85 — *Pâtre et troupeau.*

Avec vue de ruines et cathédrale en perspective.
Dessin signé à droite et daté 1795.

OUDRY (J.-B.)

86 — *Arbres, rocailles, hamacs et animaux.*

Deux dessins accouplés.

PANINI (J.-P.)

87 — *Ruines de monuments.*

Animées de personnages.
Gravure gouachée.

PARROCEL

88-89 — *Scènes de bataille.*

Deux desssins se faisant pendants.

PETIT (HENRIETTE)

90 — *Pont et moulin de Lagny.*

Gouache.

PRUD'HON (Attribué à)

91 — *La Pensive.*

Jeune femme aux longs cheveux bouclés, assise les mains jointes et portant ses regards vers le sol.
Joli dessin.

PRUDHON (Attribué à)

92 — *Portrait de femme en Flore.*

Dessin signé à droite.

PRUD'HON (Attribué à)

93 — *Le Petit Dessinateur.*

Dessin.

REMBRANDT (Attribué à)

94 — *Le Baptême.*

Dans un paysage d'Afrique, entouré de cavaliers et de guerriers, un vieillard donne le baptême à un naturel du pays agenouillé.

Dessin à la sanguine. Signé et daté 1630.

Cadre en bois sculpté et doré.

ROUARGUE (A.)

95 — *Un Marché à Nuremberg.*

Dessin rehaussé de couleurs.

Signé à gauche.

SAINT-AUBIN (Attribué à)

96 — *L'Education du Dauphin.*

Dessin.

SAINT-AUBIN (Attribué à Gabriel de)

97 — *Portrait de jeune femme.*

Vue de profil, coiffée d'un bonnet enrubanné.

Dessin rehaussé, dans un médaillon ovale, avec inscription en bas.

SAUVAGE

98-99 — *Offrandes.*

Deux compositions en grisaille simulant des bas-reliefs de bronze, se faisant pendants.

SÈVE (De)

100-101 — *Les Trois Grâces.*

Deux jolies gouaches se faisant pendants.

TÉNIERS (Attribué à DAVID)

102 — *Village des Flandres.*

Animé de trois personnages et de deux chiens.
Dessin signé du monogramme.

TOUZÉ

103 — *L'Intrus passionné.*

Dans la chambre où sont réunies trois jeunes blanchisseuses, un jeune homme renverse tout, même l'une d'elles qu'il veut embrasser malgré sa résistance.
Beau dessin rehaussé de couleurs.

WAGNER

104 — *Paysage montagneux avec rivière.*

Animé de personnages et d'une embarcation.
Gouache.

VALIN

105 — *L'Amour qui s'envole.*

Composition de trois figures.
Dessin et gouache.
Médaillon rond.

VERNET (CARLE)

106 — *Bataille de Marengo.*

Composition allégorique où figure au premier plan Bonaparte à cheval, un général, un grenadier tenant le plan de la bataille, en perspective, les armées qui s'échelonnent dans la plaine.
Encadrement en forme de portail, orné de trophées et de figures symboliques de la Victoire et de la Gloire.
Grande gouache.

VIDAL

107 — *Cérès.*

Jeune femme en buste regardant vers la gauche.
Dessin rehaussé.

VERKOLJE (N.)

108 — *L'Attentat.*

Dans un palais à colonnades, une jeune femme se défend contre les étreintes passionnées d'un amoureux trop épris, qui l'enserre dans ses bras et veut l'attirer sur une couche abritée sous d'amples draperies. Un siège, un fauteuil, un guéridon et d'autres objets renversés près d'eux, témoignent de la lutte qui a eu lieu.

Beau dessin.

Signé en bas à gauche.

WATTEAU (Attribué à A.)

109 — *La Réunion galante.*

Sept personnages causent par groupes dans un parc.
Esquisse.

WILLE (P.-A.)

110 — *La Causerie galante et scientifique.*

Gracieuse composition de sept personnages en élégants costumes, assis ou debout autour d'une table, devisant aimablement dans un grand salon avec statue de Minerve.

Signé en haut à droite et daté 1773.

Beau dessin.

ECOLE FRANÇAISE

111 — *Les Francs-tireurs.*

Souvenirs de 1870. Dessin.

ECOLE FRANÇAISE

112 — *Le Voyageur.*

Debout appuyé sur son bâton.

Cadre en bois sculpté.

ECOLE FRANÇAISE

113 — *L'Arrestation du conseiller Broussel.*

Scène impressionnante ou s'agitent neuf personnages.

Beau dessin.

ECOLE FRANÇAISE DU XVIIIe SIÈCLE

114 — *Le Triomphe de César.*

Sur son char, accompagné de Mars, il vient de franchir la porte de la ville où il rentre acclamé par la foule et suivi par les guerriers et les mercenaires qui portent les trésors conquis.

Belle gouache encadrée en forme d'éventail.

ECOLE DU XVIIIe SIÈCLE

115 — *Les divertissements de l'enfance.*

De nombreux bambins prennent leurs ébats dans un paysage accidenté.

Feuille d'éventail avec encadrement, représentant les signes du zodiaque, montée dans un cadre en bois doré.

116 — Dessins non catalogués.

BRONZES D'ART

117 — Statuette de Diane accroupie, bronze à patine foncée, fin du XVIe siècle sur socle en marbre.

118 — Groupe en bronze de trois figures : Silène soutenue par une bacchante et un satyre, bronze à patine claire, sur socle en marbre noir.

119 — Petit buste d'enfant en bronze, signée : Itier, socle marbre rouge.

120-121 — Deux statuettes : Voltaire et J.-J. Rousseau. Bronzes à patine foncée sur socles en marbre jaune de Sienne, garnis de bronze. Fin du XVIIIe siècle.

122 — Deux statuettes en bronze : La Musique et la Poësie.

123-124 — Deux statuettes en bronze : Le Joueur de tambourin et le Petit Joueur de triangle, sur socles, en bronze doré, style Louis XVI.

125 — Deux figurines en bronze : Minerve et Junon, socles en marbre grenat, XVIIIe siècle.

126 — Petit buste d'homme coiffé d'un toquet, bronze vert, sur fût de colonne ornée d'attributs en bronze doré.

117 — Figurine de Renommée, bronze patine foncée, sur socle de marbre blanc, XVIIIe siècle.

128 — Statuette de chérubin tenant la boule du monde, bronze patine clair, signé : Valerio de Belli.

129 — Statuette en bronze, patine foncée : Louis XVI debout.

130 — Statuette en bronze argenté : Le Christ à la colonne, socle en marbre griotte.

131 — Petit groupe de Saint-Nicolas et enfant en bronze sur socle en marbre jaune.

132 — Chien en chasse, bronze signé PAUTRO.

133 — Deux statuettes : Grenadiers premier Empire, bronze à patine foncée, sur socle en marbre.

134-135 — Deux statuettes : Grenadier du premier Empire et soldat de la première République, bronze à patine foncée.

136 — Petite pendule en bronze doré, Taureau portant le mouvement, époque Louis XVI.

137 — Coffret en fer gravé et damasquiné d'or, travail de Tolède, style XVIe siècle.

138 — Quatre médaillons ronds en bronze ciselé et doré, représentant des scènes allégoriques, dans des cadres en bois noir, époque Louis XIII.

139 — Baiser de paix représentant la Vierge et l'Enfant entourés d'autres enfants, époque Louis XIII.

140 — Deux médaillons ronds en cuivre repoussé représentant la Vierge et Jésus-Christ, XVIIe siècle.

BOIS SCULPTÉS

141 — Trois figurines représentant des nymphes dans des attitudes diverses, XVIIIe siècle.

142 — Groupe représentant Saint-Vincent-de-Paul et deux enfants.

143 — Petit groupe en buis, représentant le Christ devant Pilate, XVIIe siècle.

144 — Deux petits vases couronnés de fruits avec anses à têtes de béliers, XVIIIe siècle.

145 — Groupe : La Vierge et l'Enfant sur socle reliquaire XVIIe siècle.

146 — Petit groupe, en haut relief représentant l'adoration des mages, composition de onze figures, XVIIe siècle.

147 — Manche de poignard finement sculpté, représentant en bas-relief des scènes guerrières et bibliques, compositions de nombreux personnages, XVIIe siècle.

148 — Service de chasse, couteau et fourchette, avec manches en ambre, représentant des petits personnages. Dans une gaîne en buis sculpté, offrant de nombreux petits médaillons et des personnages, portant la date de 1594.

149 — Bas-relief représentant l'adoration de l'Enfant Jésus, XVIIe siècle.

150 — Bas-relief représentant le jugement de Salomon, XVIIe siècle.

151 — Deux bas-reliefs représentant la Résurrection du Christ et l'Assomption de la Vierge, époque XVIIIe siècle.

152 — Haut-relief représentant le petit Saint-Jean, XVIIIe siècle.

153 — Bas-relief représentant la Vierge, l'Enfant Jésus et Saint-Jean, XVIIIe siècle.

154 — Siflet, offrant en relief, une tête de furie, des fruits et des attributs champêtres, XVIIe siècle.

155 — Cartel porte-montre en bois sculpté, à tête de griffon et cariatides de chimères, époque Louis XVI.

156 — Cartel porte-montre en bois sculpté et doré, à figure d'enfants et rocailles, époque Louis XVI.

157 — Deux bustes de femmes en bois sculpté, XVIIe siècle.

IVOIRES

158 — Coffret rectangulaire en ivoire et écaille, offrant au pourtour, sculptés en bas-relief, des groupes de personnages et sur le couvercle des écussons portés par des archanges, XVIIe siècle.

159 — Groupe en ivoire : La Vierge debout portant l'Enfant Jésus sur son bras gauche, et tenant un rameau dans la main droite, sur socle en ivoire. XVIIe siècle.

160 — Statuette de Vestale en ivoire, représentée debout, sur socle ivoire.

161 — Statuette de Guerrier romain en ivoire, sur socle de marbre noir et blanc. Époque Louis XIII.

162 — Statuette de Jupiter, tenant son sceptre et ses foudres, en ivoire, sur socle à coquilles et volutes feuillagées en ivoire. Époque Louis XIII.

163 — Statuette du Christ au roseau, en ivoire fin XVIe siècle. Socle bois avec inscription : Ecce Homo.

164 — Statuette de Vierge en prière, ivoire, XVIIe siècle.

165 — Figurine d'enfant nu, ivoire, XVIIe siècle.

166 — Boîte cylindrique avec couvercle en ivoire, offrant au pourtour des animaux dans des feuillages.

167 — Haut-relief rectangulaire, représentant une Bacchanale, composition de onze figures, XVIIIe siècle.

168 — Petit groupe de Vierge drapée avec tête de l'Enfant Jésus se détachant de son manteau. Signé : C. M., XVIIe siècle.

169 — Médaillon ovale, offrant en bas-relief sur ivoire, un Général à cheval. Cadre bois doré, fin du XVIIIe siècle.

170 — Petit vidrecôme, en ivoire, offrant au pourtour et en bas-relief des Scènes d'enfants, sur le couvercle un petit groupe de deux figures, monture repoussée, anse avec cariatide de femme, fruits et serpent. Époque Louis XIII.

171 — Deux petits groupes de deux enfants, chacun en ivoire. Époque Louis XIV.

172 — Deux cadres ovales en ivoire finement sculpté, offrant en haut-relief des scènes à petits personnages dans des paysages. Travail chinois et ancien.

173 — Petite poire à poudre en ivoire à double faces, offrant en bas-relief l'Amour faisant des propositions à l'Innocence, et l'Innocence entraînée par l'Amour, XIIIe siècle.

174 — Boîte à thé en ivoire finement sculpté, offrant des paysages chinois au milieu de fleurs et de rocailles, XVIIIe siècle.

175 — Boîte cylindrique avec couvercle en ivoire finement sculpté à personnages dans des paysages. Travail chinois.

176 — Bas-relief sur ivoire, représentant saint Sébastien secouru par les anges. Époque Louis XIII.

177 — Bas-relief sur ivoire, représentant Calisto implorant la clémence de Diane. Composition de trois figures. Époque Louis XIV. Cadre en ivoire, dessin à arabesques et ajouré.

178 — Bas-relief en ivoire, représentant Daphné changée en laurier, venant chercher un refuge auprès de son père, le fleuve Pénée. Époque Louis XIV.

179 — Bas-relief en ivoire, représentant une scène des Métamorphoses d'Ovide. Composition de plusieurs figures. Époque Louis XIV.

180 — Bas-relief sur ivoire, buste de Minerve avec casque et costume finement sculptés, XVIIIe siècle.

BOITES, BONBONNIÈRES

181 — Bonbonnière en écaille blonde étoilée d'or avec miniature sur ivoire: portrait de femme en costume du Directoire, coiffée d'un haut chapeau de paille enrubanné. Fin du XVIIIe siècle.

182 — Bonbonnière en écaille brune, bordure à fond d'or, avec miniature sur ivoire: femme en extase. Fin du XVIIIe siècle.

183 — Bonbonnière en écaille brune, avec fixé à double médaillon représentant des compositions dans la manière de HUBERT ROBERT. Fin du XVIIIe siècle.

184 — Bonbonnière en écaille blonde avec miniature sur ivoire représentant le Temps éclairant la Jeunesse. Epoque Directoire.

185 — Bonbonnière en vernis Martin, rayée or et bleu turquoise, avec petit dessin: marine et figures, monture or. Epoque Louis XVI.

186 — Bonbonnière en ivoire, avec médaillon peint sur nacre, représentant la Coiffure merveilleuse. Epoque Louis XVI.

187 — Bonbonnière en ivoire doublée d'écaille, avec médaillon en émail et or. Epoque fin XVIIIe siècle.

188 — Bonbonnière en poudre d'écaille avec médaillons: portraits historiques en or sur le couvercle. Epoque Louis XVI.

189 — Bonbonnière en vernis Martin, dessin guilloché, monture or. Epoque Louis XVI.

190 — Bonbonnière en écaille avec bas-relief en argent, représentant des militaires et une vivandière, signature dans le bas.

191 — Bonbonnière en écaille blonde étoilée d'or. Epoque Louis XVI.

192 — Bonbonnière en écaille blonde, monture or. Epoque Louis XVI.

193 — Drageoir en écaille sculptée en bas-relief, à petits personnages, pourtour incrusté d'argent. XVIIIe siècle.

194 — Tabatière en argent gravé avec émail peint, représentant à l'extérieur Louis XVI et à l'intérieur Marie-Antoinette.

195 — Tabatière en marbre portor, monture argent doré et gravé. XVIIIe siècle.

196 — Petite boîte en coquillage, monture en argent gravé et doré. XVIIIe siècle.

197 — Drageoir en cristal, uonture argent doré. Epoque fin Louis XVI.

198 — Coffret à thé en écaille, cage en ivoire, avec monture en argent repercé. Epoque Louis XIII.

199 — Coffret bombé en écaille monté en argent. XVIIe siècle.

200 — Coffret en agate orientale, monture en argent. XVIIIe siècle.

BISCUIT, TERRE CUITE

201 — Grand groupe de quatre figures, femmes et enfants, allégorie de la Pêche, en ancien biscuit de Lorraine, de Falconet.

202 — Aiguière en terre cuite forme romaine, offrant en bas-relief des scènes mythologiques et comme anse un lion debout. Pièce intéressante du XVIIIe siècle, rappelant celles de l'antiquité.

203 — Objets omis.

www.ingramcontent.com/pod-product-compliance
Ingram Content Group UK Ltd.
Pitfield, Milton Keynes, MK11 3LW, UK
UKHW020218180726
13838UKWH00005B/2059

9 782329 373799